余命三ヶ月
末期癌を乗り越えて

峰　貴美代

JN069968

目次

はじめに

私がこの本を書こうと思ったのは、私を支援してくれている菜の花の田中さんの勧めもあったからだ。田中さんは私の生い立ちから病気の話を聞かれるとびっくりされ、履歴書を見て「頭が良く仕事も優秀だったのね」と話された。すると突然「自叙伝を書いて欲しい」と言われた。私が交通事故に遇ってから通勤が出来なくなると、心よく自ら送迎支援をすると言われ、送迎をしてくださった。勤務は月曜から金曜日までだったが土曜日に勤務が入ると、休みも返上して送迎をしてくださった。家は菊池の山奥だったのに早く起きて家事を済ませると私のアパートに来られ仕事に間に合うように送迎して下さった。とても責任感のある方で、私は常に尊敬し感謝している。頭がさがる思いだ。

また、私が三十年以上お世話になっている平瀬医院の院長平瀬努先生の後押しがあったから、この本を書くことができた。平瀬先生は、いつも、私の話を良く聞いて下さる。私が病気に、なって落ち込んで入る時も、必ず私の話を聞き、後で笑わせて下さるとても良い先生だ。病院に行くと、「峰さんを見ていると、会うたびにだんだん元気になりますね」と言って、いつも私を励まして下さる。素晴らしい先生だ。「三回も大病をしても生きているなんてすごいことですよ。是非自叙伝を書きなさい」といわれ書くことにした。私の命はもう死んでもおかしくないが、余命三ヶ月の私が生きている。命があるのさえ奇跡である。今、生きているのは、生かされているから。私の命は、簡単になくなったりしない。ただ一途に病気を忘れて仕事をして、周りの方に感謝して一人で悩まず相談し、するべき事をしていくと克服できるものだと思う。私たちの生活には、いろいろなつまずきや転落などがある。それらをどう切り抜けていったらよいのであろうか。人生は意のままにならぬことが多いが事実をそのまま受け入れるしかない。どんな時でも活路はある。窮地からのがれ出る方法があるのだ。

今でも、私の命の証として植えたわすれ名草が咲いている。「毎年咲いてね」と花に向かって声をかける。

第一章　西米良に生れて

私は、昭和三十二年一月十六日、宮崎県西米良村で生まれた。私の両親も、同じく宮崎県の西米良村で生まれた。西米良村は水が美しく、市房山がそびえ立ち、雨上がりは、山の端が、くっきり見えて見事だ。自然豊かで、空気も美味しく、素晴らしいところだ。風も心地よく自然に包まれている感じで、まるで森林浴している気分になる。私は、阿蘇の外輪山の景色が好きだ。西米良村の景色みたいで好きだ。

父は、九州電力に勤務し、社員の官舎の人達は、仲がよく、よく川遊びや旅行にも、行っていた。とても、皆さん仲良しだった。私の父は、母親が、父を産んでから、父を置いて再婚し、父は、幼少期は、養子にやられたり、いじめられたりして、かなりの苦労をしたそうだ。志願して戦争にも行き、沖縄の首里城まで泳いで命が助かったそうだ。生前父から、よく聞いていた。また父は、とても頭が良く、十代で、熊本大学の工学部に試験に行っていたとも聞いた。スポーツも万能で台風の時は、友達と一緒に泳いだそうだ。だから、水泳や走るのが速く二つ上の生徒と走っていたらしい。

水力発電のせいで、台風が来ると母と私たちは、いつでも避難できるように準備していた。覚えがある。母は、農家に生まれるが、農業は、しないで家の食事や洗濯をしていたと母から聞いた。実家は、農業で椎茸栽培を行っていた。研修生も来ていたそうだ。宮崎からは、毎年、綺麗な椎茸が送ってきていた。

まだ、テレビが普及しない頃、めずらしいので、いつも父の友達がテレビを見に来ていた。私は、父から、怒られた事がなかった。幼少の頃から、父は、志のある立派な父だった。父は、高校まで化学や物理を教えてくれた。また母は、専業主婦で、きれい好きで、毎日掃除をしていた。料理も上手で、特にちらし寿司に巻きずしや赤飯は、隣や近所に配ってまわるくらい、上手で有名だった。それから、いつも、手作りのおやつに、おだんごや芋の入った蒸しパンを作り、そのおやつが、とても美味しく忘れられない。三姉妹の私たちは、いつも三人おそろいで、お手製のワンピースが定番だった。近所からは、いつも可愛い三姉妹で有名だった。ジャンパーやハイソックス、エナメルの靴は父が転勤する時、準備してくれていた。お正月は、手作りの着物やバッグもおそろいの物を全部準備していてくれる母だった。冬は、手作りのセーターを編んできせてくれた。今でも持っている。器用な母だった。私は、幼い頃は、かなり、変わり者で、負けず嫌いだった。その頃は、扇風機もめずらしい時代で、学校から帰ると扇風機に当たるのが、私は、好きだった。何故かと言うと、扇風機の前で声を出すと、変な声が出て面白かったからだ。母は、父のお陰で、金銭的には、何の苦労もしなくて良かった。しかし、勉強だけは厳しく、私と姉はスパルタ式で育てられた。通知表に五が全部ないと叱られていた。勉強の嫌いな妹には、怒ることもなく優しかった。姉と妹は、二人は、可愛い女の子で、お人形さんごっこやままごとをして遊んでいた。私は、ある日姉のお人形に「へのへのもへじ」と書いて、いたずらした事があった。私は三姉妹の真ん中に生まれて、何不自由なく男の子のように育った。父も男の子が、欲しかったらしい。

突然、父に辞令がでた。九州電力は、辞令が出たら直ぐ勤務地に行かなければならない。

私の小学入学式の前日だった。行く先は、熊本の菊池だった。入学式の日から、水源北小学校に行く事になった。誰も知らないところに行くので、不安だったが、姉も一緒だったから心強かった。

私は小さい時から手のかからない子供で、かなりのおてんば娘で有名だった。幼少期は男の子としか遊んだ覚えはなく、姉と妹は、私を見ると逃げて行った。私の遊び道具は、川で魚釣りやおもちゃのピストルとゴム銃だった。ままごとなどした事は覚えがなかった。六歳の時、となりの人のピアノの音色を聞き、急に自らピアノを習いたいと言い出した。両親は、その希望を受け入れてくれた。子供心に、となりの人の弾くピアノを聞いて音楽科を目指したいと思い始めたからだった。土曜日に書道、そろばん、日曜日は、朝からお宮さんの掃除が終わると、ピアノのレッスンで、忙しい毎日を送っていた。月曜日から日曜日まで、毎日休む暇がなかった。

小学生の頃から勉強が好きで、特に算数が一番好きだった。かけ算は、誰より早く一番に覚えた。音楽の時間も先生がいないときはオルガンを弾き、みんなを歌わせていた。運動会は、最後に校歌斉唱で指揮者を務めた。音楽会は、学校代表でピアノを弾いた。

男の子を見ると、もの足りないと思えるようになった。学校から帰ると、宿題や翌日の予習も自ら行った。それをしないと、おやつも食べないし遊びに行かない子供だった。そのせいか、いつも成績は良かった。中学生まで男の子と喧嘩して泣かしていた。私は小さい頃からかなり変わり者だったらしいし、おてんば娘だった。

父は同僚の子供を私が泣かせてこないか、いつもドキドキしていたそうだ。機械をいじるのも好きで、家の時計を全部分解した事があり、全部使い物にならなくして、母からひどく怒られた事があった。

中学生の頃は、父の転勤で四回転校し、転校の度によそ者扱いを受け嫌だった。高校は、地元の高校に通った。受験は国立を目指したが、学力が足りず、結局、希望していない国立の看護学校に行く事になった。実は、私は看護師に成りたくなかったからだ。でも、免許を取った以上看護師の経験は必要だと思っていたので、初めは赤十字病院に自分で決めて勤め始めた。赤十字病院でかなり鍛われた。新人は一年間、先輩から叱られ、いつもトイレで泣いていたが、私は負けてたまるかと思い頑張った。

三年後、引き抜きで機能病院に立ち上げから勤めた。一年で結婚のために退職したが、姑と上手くいかず五年で離婚した。ちょうど息子が五歳の時だった。慰謝料や養育費も貰えなかった。私は一人で働いて子供を育てた。今まで姑が殆ど息子をみていたので、私がしたい教育も出来なかった。私は息子の教育を考えていろいろな方から話しを聞いたり、いろいろな本を読んだりして、私自身なりに男として生きようと覚悟した。小学校一年生の担任の先生から「お宅だけですよ。母子家庭は」と言われたことがあり、なんてひどい先生なのだろうと思い悲しくなった。その後、開き直り、こんな教育者もいるのだなあと気にしないで息子を育てた。

私はよく母に勉強しなさいと言われていたので、息子には勉強しなさいとは、絶対言わないようにしようと決めていた。息子の興味をひく事だけは、全てさせた。大人の話を聞ける子供にしたいために習い事をさせた。ＰＴＡにも進んで参加し、保育園から高校まで、学校にも行った。子供の学校での様子を見るためだったし、先生方とも仲良くなるためだった。また、仕事から帰ると、思いっきり息子を抱きしめた。肌で愛情をそそぐためだった。息子が眠るまでは、いつも息子といる時間を作った。

ピアノや和太鼓やサッカー、バスケット、野球、水泳、短距離、長距離、英会話、そして、日本だけでなく、世界も見せたかった。だから、中学二年生の時、カナダにホームステイにやった。カナダから帰ると息子は、ベランダに立ち、「日本は小さすぎると、外国は、特にカナダは、日本みたいに小さいことにはあまりグチグチ言わず心もおおらかなんだよ」とよく言っていた。カナダは、広くて自然が素晴らしかったと言っていた。カナダは、月曜から金曜日まで仕事をすると、土日はバケーションで、登山や海水浴を楽しむらしい。そして、カナダのホームステイでお世話になった方から、「武史は、無事に帰りましたか」と、電話をして下さった。とても親切な方だった。さらに私宛にカナダでの息子の様子を手紙に書いて下さった。「たけふみは、素直で真面目でとても良い子供でしたよ」と書いてあった。

息子は英語や体育が好きで、走るのが速かった。だから、運動会が一番の楽しみだった。ビデオを持ってあちこち息子を撮りまくった。両親からじっとしていなさいと言われた事があった。息子は素直で優しい子供に育ち、よく寝る前に私の部屋にノックして「今晩は」と言って話をしに来るのが習慣だった。同級生の保護者から「内の子は殆ど喋らないのですよ」と言われ、学校での様子を私に聞かれていた。その後、子供が小学六年までは子供の成長に合わせて、転々と病院を回った。息子は福岡教育大学で天体の研究をして、将来はハワイの天文台に行くのが夢だったらしい。子供の教育の結果は、子供が社会人になってからだと良く言われていた。私は息子の誕生日ごとに、いつもメッセージを送った。「我が心に羽ばたく翼あり」と言う言葉を送り続けた。

今では立派な教育者になり、結婚もし、孫もいる。孫は四歳だ。やっと一人前に育ってくれた。ただ九大の大学院に合格したが、私が病気したせいで退学した。それが私にとって、一番心残りだった。それでも、息子はいつも私を気遣ってくれる。学校が終わると必ず電話して、「お袋、何か買って来る物ありますか」と、私の様子を聞きながら、電話してくれる。いつまでたっても子離れしないのは、私の方らしい、早く子離れしなければと思うが、ついつい息子に頼ってしまう。息子が一番の信頼の出来る存在であるからだった。母ひとり、子一人のせいかもしれない。息子がそれだけ大人になったせいか、立派な社会人として頼りになる息子として育ってくれた。

また、愚痴や人の話をする事が嫌いな息子だった。私が愚痴を言うと、かなり嫌って私に「お母さん、愚痴を言ったら、だめだよ。そして、人の事も言ってはいけないよ」とよく注意されていた。父が倒れてからも時間を作って、行きつけの床屋に自ら車いすを押して連れて行ってくれた。ポータブルトイレの片付けも素手できれいに洗って干してくれた。なんて優しい子なのだろうと、陰ながら見ていた。

私は一番給料の高い機能病院で師長をしていたが、保証人倒れとなり、辞める事になった。院長からは慰留されたが、病院に迷惑はかけられないと思い、辞めることにした。その時、女医のD先生が私の様子の異変に気づき、私の知っている高校の同級生にとても良い先生がいるから、「私が車で連れて行くよ」と言われ、心の医療センターに車で連れて行ってくれた。

診察の結果、「立派なうつ病ですよ」と言われた。母は一番私を見守ってくれて、そっとして好きなようにしてくれた。一年間は、ゆっくり休んだ。その頃は水しか飲めず、食事も摂れなかった。外出もできなかった。体重は減るばかりだった。私は一年間の休養で食事もすすむようになり、元気になった。うつという病気は見た目にはわからないが、不安になると、不安だらけになり、外に出かけるのや人と話すのも嫌になる。人と会うのさえも嫌になる。回復したのはD先生のおかげだった。こんなにも私を真剣に診てくれる先生には心から感謝し、頭が下がる思いだ。
それから仕事に復帰し、嘘のように元気になり食事も出来るようになった。

第二章　余命三ヶ月の告知

私は機能病院に勤務していた頃、熊本県代表で全国の救急実施訓練修練課程に選ばれ、約二ヶ月東京や川崎大学病院に研修に行った事がある。ＤＲヘリコプターにも乗せて頂いた。救急車にも二日乗せて頂いた。その後、自費で夏休みを利用して、Ｔ大学病院に研修にも行き、第一回ＡＣＬＳを習得した。身体障害者の国体にも熊本県代表で選ばれた。障害者と出会うのは初めてで、何と話して良いかもわからなかった。いろいろ考えたあげく携帯電話のメールでコミュニケーションがとれるようになった。若い頃は給料の十分の一は、医学書を注文し読んでいた。いろんな所で機会があれば、勉強してきた。

約三十年看護師として働いたが、九州看護大学に勤める話がきて、私は大学の小児科看護学科に勤める事になった。一年半後、私は左乳癌に犯されていた。リンパ節にまで転移していた。末期癌だった。病院に行くと、先生から「余命三ヶ月、長くて半年」と告知され、メンタル治療を受けなさいと言われた。私はその日は、頭の中が真っ白になり、かなりのショックで、どのように帰ったか、記憶がないくらい落ち込んだ。一週間、私は家族に当たり散らし、感情をぶつけた。無理矢理、従姉妹から五十万円で買わされた磁気入りの布団を二階から投げたりもした。

私は、花が好きだった。私の命の証として、わすれな草を植えた。可愛い青色のわすれな草が咲き、本当に可愛い花だった。毎年咲くようになった。それから、抗癌剤治療が始まった。四クールを四回した後、別の抗癌剤治療も始まった。抗癌剤が投与されると、普通の方はきつくて、一泊二日で入院されていたが、私は入院をしなかった。翌日には副作用で吐き気や微熱が出るが、悪阻だと思って、入院しなかった。我慢出来る自信があったからだ。でも本心は、どうして私ばかりと、きつく辛いものがあった。

私は、午前中仕事をし、午後から抗癌剤治療を受けるために田原坂を山越えして熊大病院に向かった。翌日も働いた。五回目の抗癌剤でアナフラキシイショックになり、抗癌剤は中止となった。

抗癌剤を注射して、ちょうど十日目で脱毛した。教科書通りだった。抗癌剤を注射し始める前から、人毛入りの生徒にわからないように、カツラを作って置いた。髪も短くしておいた。カツラをかぶると、かなり暑くなる。手術室での勤務経験のある私は、ある程度の手術の流れはわかっていた。

十二月二十四日に手術が決定されたが、私は翌年の一月四日の仕事始めに手術をお願いした。初めての手術で、かなり緊張した。手術着に着替え、いざ手術室に向かった。手術室の経験のある私は、次は何をされるかは、良くわかっていた。手術台に乗せられると、無影灯の明かりがまぶしかった。それから身体を固定されるところまでは記憶があった。酸素マスクが装着され、麻酔が効き、その後は眠っていた。手術が終わり、目が覚めると、麻酔科の先生が「どこか痛い所はないですか」と尋ねられた。その時「両肩が石を乗せたように重たいです」と答えた事を覚えている。

夜は妹が看病し、そのまま仕事に行っていた。昼間は息子が看病してくれた。息子は痛み止めを飲む時間を書いて、私が薬を飲み過ぎないように注意してくれた。痛みを我慢できなくなると、息子がいねむりをした頃を見はからって、こっそり痛み止めを飲んだりもした。

その時、息子が私にこんな事を言った。「お母さんは、考えが甘いよ、まだまだ、きつくて苦しい人もたくさんいるのだよ」と言われた時、私ははっとした。本当に甘えすぎていた。昼間も夜も手術後はかなりきつく、術後はベッドの上で寝たままで、まるでガリバーの様だった。リンパに入っているドレーンが動くたびに痛みが走った。酸素マスクのゴムの臭いも不快だった。口周りが乾燥し、とても辛かったので、看護師さんに頼んで水マスクに替えてもらうと、いくぶん楽になった。

膀胱に入れられた留置カテーテルも私を苦しめた。もう地獄だと思った。そんなの聞いてないよと、言いたかった。泌尿器科の経験のある私は、バルーンが尿管に確実に入っていないか確認した。もう我慢も限界と思い、若い看護師を呼んで、十ｃｃの注射器をもって来てもらい、自分でバルーンを抜いた。皆さんはびっくりしていたが、泌尿器科に三年勤務していた私はこのバルーンを入れたのは、新人だとすぐに思ってしまった。何故かと言うと尿道が痛かったからだ。これも初めての経験だった。患者様の気持ちが良くわかった。

バルーンをはずした時、主治医が驚いて病室に飛んで入って来た。手術は前日の夕方に終わったのに「翌日の昼食を食べる事が出来たらバルーンを抜きます」と言った看護師が憎らしく思えた。よっぽど主治医にも「バルーン入れてあげましょうか」と言いたかった。やっとリンパに入っているドレーンが、抜けると痛みもなく、自由に動けるようになった。

私は自分で左腕が上がるように根性向きだしで負けてたまるかと自分に言い聞かせて、リハビリをした。脇が張り裂けるほど痛く辛かった。それでも、リハビリを続けた。その甲斐があり、腕も普通に上がるようになった。これも、妹の看病と息子の看病のおかげだ。姉や母はよく見舞いに来てくれた。我がままな私は良くしてくれる家族がいて、幸せ者だった。

退院前日、主治医と栄養士と看護師がラウンドされた。その前から「思った事を全部言って下さいよ」とある看護師から頼まれていたので、ラウンドが始まると、私は思った通りのことを全てを話した。先生の説明不足や縫合の仕方が下手なこと、若い看護師は医療や看護の知識が何もない事、何も知らない事、思う存分言った。栄養士さんだけは、食事が美味しいと誉めた。そんな経緯もあり、主治医が教授に代わった。教授は「峰君、勘弁してくださいよ」と言われたが、あなた達がきちんとしないからよと言いたかったが我慢した。

退院は、一月十一日に決めた。一月十五日から大学の仕事があったからだ。学生に迷惑をかけないためだった。退院したら、私は仕事一途に働いた。その頃、父が脳梗塞で倒れ、寝たきりの生活になった。優しい父は自ら迷惑かけまいと、入院していた。なんて心遣いのある父だろうと、涙があふれでた。父が私に言った言葉が思い出される。「病は、受け止めなさい。でも、命のある限り、自分の目標を最後まで頑張りなさい」今でも父の言った言葉が頭から離れない。父はそれから五年後に他界した。立派な尊敬出来る父だった。

毎年のようにわすれな草が咲くと、まだ大丈夫と自分に言い聞かせていた。わすれな草が咲くたびにまだ生きられると自分なりに嬉しかった。手術して三日後恩師のK先生がお見舞いに来てくださった。恩師のK先生は、私を励まし続けられた。癌であることを話すと、自分の別荘に連れて行って下さった。それがとても嬉しかった。

半年後に母が倒れた。母は植物人間になり、人に見せたくないくらい、可哀想な姿になった。多分父が迎えに来たのだろうと思う。母も尊敬出来る母だったが、三年前に他界した。私はお通夜の夜、母と一緒に寝た。母は美しくまるで生きているように見えた。声をかけても返事がない。触ると冷たい。そうか亡くなったのだと思うけど、何度も何度も声をかけた。でも、返事がない。私は母がいとおしく、返事がないとわかっていても何度も声をかけた。一年間は夜になると、母を思い出し涙が止まらなかった。母は父が亡くなってから、一番の私の理解者だったからだ。

三年間は九州看護大学に勤務し、いつの間にか癌の事は忘れていた。臨床も経験したいと思い訪問看護を始めた。数ヶ月すると、右手首が痛くなり、右手の力も、入らなくなってい た。病院に行くと右手の骨の一部が壊死し、手術を受けることになった。キーンベック病と、診断された。再び闘いが始まる。今度は左大腿部の筋膜を薄く剥ぎ、右手の壊死している骨に埋め込む手術になった。右手が使えるようになると、絶対病気に負けてたまるかと思った。

手が使えるようになると、看護学校に勤務し始めた。今度は駅前看護リハビリテーション学院だった。悪い事もあったが、良いこともたくさんあった。教員仲間で、H先生に出会えた事だ。H先生は物静かで、私を優しく見守ってくださった。年下なのに、まるでお姉さんみたいだった。人の事や愚痴も言われないし、私にとっては最高の友達だった。

余命三ヶ月と告知された私だったが、抗癌治療などの甲斐もあり、時間をかけて癌を克服することができた。

医学の恩恵もあるが何より病気に負けまいと懸命に生きてきたからだと思う。

よく姑とか嫁とか、冗談を言ったりして、今でもメールのやりとりをしている。最高に頼りがいがある方だった。

二年後、かなりのストレスで胃が痛くて、たまらなかった。病気に負けてたまるかと心にそう思った。さらに狭心症になり、病気と闘う事になった。前駆症状は、急に歯が痛くなり、頸部痛から心塢部痛まで出て来た。内科の先生に相談すると、狭心症の疑いがあるからと、紹介状を書いてもらい、済生会病院に行く事になった。

済生会のT先生は、穏やかで、とても優しい先生だった。繰り返し検査が行われ、疲れ果ててしまった。

結局T先生は、狭心症と診断された。この時の入院は二日程度だった。右の冠動脈が九十九％の狭窄で、左の冠動脈が七十八％の狭窄で、ステントを入れなければ、血液が全身に廻らないと言われた。一月と二月にかけて、二回ステント治療を三カ所入れた。両手首から、ステントを入れた。一回目は、左から局麻され、カテーテルが入るのがわかった。心カテは行った経験があったが、自分が受けるとなると、怖くて不安になった。看護師に何の声掛けもしないままで、トイレは我慢し続けた。なんて配慮の無い看護師なのだろうと思ったが、何も言わなかった。二回目は、一ヶ月後に右手から局麻され、同じようにカテーテルが入っていくのがわかった。T先生は、二年間は安静にするように言われた。私を受け持たれたT先生は、とても上手で難しい部位にステントを入れて下さった。それから二年間休養するように言われた。

二年間が経過すると、月に一度済生会に通院するようになった。検査と診察と内服をもらう為だった。その時は乳癌の手術に比べると右手の手術や心カテ（ステント）は、気分的にも体力的にも楽だと思った。それは、その時は辛かったが、今思うと辛い事も忘れてしまっている私がいる。現在は毎月一回の検査と診察と内服だけになった。今になって考えると、私は今まで看護師として患者様になんてひどい事を言っていたのだろうと、反省する。大丈夫ですよとか、すぐ終わりますよとか、物事を他人事のように簡単に言っていた私自身が恥ずかしくなった。トイレの気遣いも、大事なことだ。本人にしてみれば、かなりの苦痛な事だったと、今になって反省する。自分が病気になり、手術をして経験してみないと、わからないのかもしれないが、人の気持ちをわかろうとする事は、大事な事だと思う。気遣いや心使いも、大切な事だ。相手に寄り添う姿勢も、もっと大事な事だと思った。私はきつくて辛かったが、良い体験をさせて頂いたと思った。

保証人倒れで、今は実家もなくなってしまった。家を売ったお金でマンションに住むことになった。一年間は失業手当で暮らせたが、後の一年は近くに住んでいらっしゃるSさんからお金を借りて生活した。父母とも親しく、いつも親のようにしてくださるSさんにお金を返済しなければいけない。早く仕事をして、恩返しするつもりだ。命の恩人に返済しないとバチが当たると思った。

その後、生活保護を受けるようになり、三万円のアパートで暮らしはじめた。今でも私の体調を気遣って下さるSさんの娘さん夫婦にも頭が下がる思いだ。絶対返済する意気込みでいる。生活保護は金銭的にもつらいものがある。何も買えないし、金額も少ない、でも、早く生活保護から抜けだし自由な暮らしがしたい。

第三章　花も嵐も踏み越えて

元気になると喉元熱さを忘れると言ったように、痛い事や苦しい事などすぐ忘れてしまう。今度は老健に勤めたが、心臓が悪いとわかると、理事長が辞めさせるような態度をとった。その後も有料老人施設に勤務したが、やり方に納得行かず、介護とは何だろうと疑問を抱き始めた。

なかなか仕事が思うようにならない時、T有料老人ホームが求人案内にのっていたので、応募した。四月十二日から、訪問看護部長として勤務する事になった。私は朝は早く行き掃除を始め、私なりに頑張ったが、突然六月から、パソコンが下手と言われ、介護士に替わらせられた。何故だろうと疑い、所長に絶望した。介護についての疑問がさらに深くなった。T有料老人ホームに疑問を持ち、余りにもショックで、食べる事や外に出ることも出来なくなるくらい絶望してしまった。もうこのT有料老人ホームには行かないと思い退職する事にした。

自宅で休養している時、大きな出来事が発生した。知人や友人に騙され、多大な債務を負う事になった。すぐ、福祉の方に相談すると、弁護士の所に一緒に行き相談してくれた。結局自己破産する事になった。二度目の破産で、かなり気持ちは落ち込み気味だったが、過去を悔やんでもしかたがない。思っても考えてもみても、しょうがない。簡単に人を信じて信用した私が愚かだった。私はすぐ人に同情する所がある。私を保証人にした人は、お兄さんのマンションの五階から飛び降り自殺していた。自殺する勇気があるなら、働けよと言いたかった。本当に私は馬鹿だった。もうその時は、病気の事など頭になかった。次から次へと落ち込む事ばかりだ。

前向きに前向きにと、何度も何度も、自分に言い聞かせるけど落ち込んだ。気持ちは、日増しにどん底まで落ち込んだ。落ち込んでしまうと、後は開き直り、登りあがり頑張るのみだ。過去を振り返ってもしょうがない。一円の足しにもならない。また、以前の自分になるしかない。前向き、前向きと考えるしかないのだ。その時の私を連れて行ったN介護福祉士から、突然冷たい事を言われた。何も支払っては、いけませんよ。私はそれでは息子が全部払うのですか、と尋ねると、笑って、そうですよ、と言ってそれでは、息子も、破産する事になるのですか、と問いただした。すると、笑ってそうなるでしょうねと他人事のように言われた。その時、私は、いい加減な事を平気で言うN介護福祉士に愛想がつきた。これからは自分で行きますと言って断った。介護福祉士にもいろんな人がいると、思うようになった。ついて来ていい加減な事を言われるくらいなら、一人で行った方が気も使わず、よっぽど良いと思うくらいに、いい加減さに呆れてしまった。

法務局を尋ねると、他人事のようにタクシーでワンメーターですよと、言われたが、ワンメーターどころではなかった。私は九月十日は、弁護士のところに行く予定だったが、熱があり、胃の痛みで、その日は断った。次回は九月十一日の月曜の九時からですよと言われた時に、菊池福祉事務所のAさんが、心配して訪ねて来られた。その日は弁護士に会う日だった。私が嫌っているN介護福祉士さんが、心配されていますよ、と言われた。私は、事実を話したが、菊池福祉事務所のAさんは、私に「峰さんは感謝の気持ちが、足りませんよ。だから、人と喧嘩ばかりするのですよ」と言われた。その時、菊池福祉事務所のAさんは、なんてよく私を見ているのかと思った。洞察力があり、何かにつけてもアドバイスされる。なんてきめ細かい方なのだろうと思い、自分を反省した。私は相手を責めてばかりいて、本当に感謝の気持ちがなかった。それから、体調は良くなかったが、そのN介護福祉士さんにお詫びの電話をした。私は感情的だった事を詫びた。そこまで菊池福祉事務所のAさんは、私の事を率直に言ってくれる。そのような方は初めてだった。お詫びの電話で、少しわだかまりがなくなった。

弁護士の所に行った。その時のN介護福祉士さんはとても優しく、荷物まで持ってくださった。Nさんの心遣いに感謝した。お茶も買って来て下さった。以前とは、全く違った態度に、驚き感謝した。SさんやNさんの心遣いにかなり感謝し、頭が下がる思いだった。

法務局の帰りには両足にマメが出来るし、両股間節は痛くてたまらなかった。時々不安になる事がある、その時は、K病院の主治医のF先生に相談する。先生は頭が良く、切れる先生だ。先生は、時には優しく、時には、厳しく話される。でも、先生のお陰で今、穏やかになれる私がいる。今は法務局まで歩き過ぎて、歩くのさえ困難だ。私を連れて行ったNさんは、悪い人では無く、実はとても良い方だった。私が自分かってに思い込んでいただけだった。菊池福祉事務所のAさんから、私の悪い所をはっきり言われ、それが、あたっているのに、驚いている、Aさんは人を見る目がある方だった。見かけとは、全く違った。また、親身に考えて下さる方もいる、その方に相談も出来る。その方は介護福祉士の、SさんとGさんとNさんである。この三人にはいつでも相談出来るし、私が落ち込んでいると、すぐにアパートに駆けつけてくださる。この三人の方と話すと心が和み落ち着く、この方達くらいに、親身になって下さる方がいるから、私は救われているのだと、頭が下がる思いだった。Nさんはいろんな事に詳しいし、頼りになる方だった。法務局の帰り道に、突然、外人さんから、声を出して、道を聞かれた。私は知っている英語で、郵便局を教えた。外人の方は、郵便局に着いていた。無事に郵便局に着かれたか、心配だったからだ。すると、片言で話すとどうにか、話せた。もう少し、英語の勉強をしておけば良かったと、思った。今からでも、遅くない英語を習おうと思った。

第四章　わすれな草の希望

私は、今まで、お金に困ることは無く、年収六〇〇万円以上の収入があり、両親には毎月五万円ずつ渡し、誕生日や父の日母の日には一万円渡し、ボーナスには十万円渡していた。私はあの時なんで貯金をしてなかったのだろうと、後悔した。父から今のうちに土地を買っておきなさいと言われた事をしなかったのだろうと悔やまれる。

こんなに貧乏する事は、初めてだった。次から次に病気ばかりして、最後には、財産もない。借金ばかりが残るどん底になってしまった。家や仕事やお金も何もない。全部なくなって、しまった。でも、よく考えると命がある、食べる事や動く事やお話も出来るし、歩くことも出来る、良く考えると、相談にのって下さる方もたくさんいらっしゃる。家族や親友や友人や知人もいる。私はなんて幸せなのだろうと、しみじみ思った。そして、わすれな草も咲いている。

若い頃は、仕事がおもしろくて、たまらなかった。仕事が好きで何でも経験したかった。役職にも十四年経験があったし、看護大学や看護学校にも約六年間勤めた。熊本赤十字での仕事は、自分なりに達成感があった。早出の時には友人が寝過ごしはしないかと、一緒に泊まって呉れていた。新品の自転車も貸してくれた。運動神経の悪い私は自転車をこぐと田んぼに落ち、スカートも破けてしまい血まみれで泣きながら仕事をした。その友人は、今でも友達だ。私は、もう自転車には絶対乗らないと決めた。その頃を思い出すと、当時の自分が懐かしくなる。あの時に戻りたいと思う。仕事に復帰したら、約束していたH先生とランチに行く予定だ。

今になって思うと父から、言われた事を思い出す。「病気は、受け止めなさい、でも自分がするべき事は、最後までやり遂げなさい」と言われた事を何度も思いだす。死ぬべき私が生きている。そして、私を支えてくれる方も沢山いる。病気と友達になり、父の言われた通り、命ある限り生きて行かなければいけないのだ。そして、看護師として、最後まで自分の選んだ道を歩かなければいけないと考えた。すでに、恩師のK先生とSさんとGさんNさんと菊池福祉事務所のAさんに出会えた、こんなに、立派な方たちに、出会えた事に感謝するし、頭が下がる思いでいる。介護福祉のNさんは、とても親切に私を気遣って下さる。感謝の気持ちでいっぱいだ。いざ仕事を見つけるとなると、なかなか難しく、すぐには見つからなかった。年齢のせいか病気のせいか、いろいろ探して面接を受けたが、不合格で、なかなか見つからない、私は焦ってきた。早く仕事をしなければ、と焦り始めた。その時、平瀬先生は、「ゆっくりで、いいのですよ。自叙伝を、書き上げてからでも遅くありませんよ」平瀬先生は、私が、焦っている事を、感じ取られたかのように言われた。だから、仕事が見つからないなら、元勤めていた「機能病院に行きなさい」と突然言われた。機能病院には、私の後輩が理事長でいるから、私の名前を出していいから、そこに、就職したらいいと、言って下さった。最後の手段として、どこも無かったら、そこに決めようと思った。平瀬先生は、私の気持ちをいつも、受け止めて下さる。なんて、人の考えや気持ちを親身に考えて下さる、素晴らしい立派な先生なのだろうと頭が下がる思いだ。先生に話すと、気持ちが穏やかになる。私は本当に良い先生に巡り会ったと、幸せな気持ちになってくる。元実家の庭にわすれな草が咲いている。早く命の恩人のSさんにお金を返して、自分の夢を実現する思いだ。

今は貧乏だが、全てが終わりでは無い、仕事始めたら、まだまだ、沢山良いことに出会えると、楽しみにしている。私は薄井担子先生の本を何度も読み返した。看護とは、相手の何処がきついのか、何に困っておられるのか、何が必要なのかを、家族を含めてケアする事が一番大事だと思う。自分自身経験や体験したから、そう思うのだと思うが、看護師として、その人の生命の消耗をさせている物を身体的、側面からも読み取り、社会的側面からも読み取りそれを取り除こうと工夫する事、その人の頭の中を想像し判断する事が大切だ。看護の原点がなければ、近所の親切な人にすぎない。①相手に関心を持つこと②心のこもった関心を持つ事、③何とかしなければと原因を工夫すること、技術的・実践的な関心を持つことである。看護が必要な人には、自分の事以外で気をもます事がないようなサポートをしていきたいと思う。

だから、私は現在、病と闘っている方に勇気を持って病と闘って生きて頂きたいと願いたい。頑張ってとは言えないが、病を忘れて闘う事が一番大切だと考える。このような私だが、病気の事は忘れるようにしている。今、しなければいけない事をただ一生懸命やっている。

私は、今でもこれからも、偉大な両親を尊敬している。この自叙伝を多くの方に読んで欲しい。そして、病と闘っている方に、こんな私がいる事を知って欲しい、絶対、前向きに考えて、病と闘って欲しいと願う。絶対先には良い事が待っていると、私は信じている。明るい未来が、待っていると考えている。だから、もう弱音や人のことや、愚痴は言わない事にした。「有言実行」だ。自分が明るくなると、周りも明るくなる、そして、感謝の気持ちを忘れずに生きていく事にした。私は生かされているのだから。私にも、大きな夢がある、欲張りな私は、大きすぎる程夢がある。仕事を始めたら、貯金して、電子ピアノを買い、好きな愛の賛歌を弾き、広い部屋に住み、コーラスを始め、英会話も習いたい。

老後は、姉妹と近くに住むつもりだ。早く実現すれば、良いと思う。絶対実現させて見せるぞと、意気込んでいる。そして、みんなで、楽しく暮らしたい。一人は、寂しすぎる。私は生かされているのだから、これからも病と闘い続ける。負けてたまるかの、精神の気持ちを持ち続けて、生きて行かなければいけないと、強く強く考える。ここまで私を見守って下さった大津町社協の皆さんや菊池福祉事務所のAさんや両親や平瀬先生、Sさん、Sさん娘夫婦、恩師のK先生には感謝している。また姉妹、息子にも、感謝の気持ちでいっぱいだ。

今度は絶対辞めない気持ちをもち、看護師として働き始めるつもりだ。働くには破産が終わってからと、菊池福祉事務所のAさんは言われた。が、その指示に従う事にした。

私は今まで、素晴らしい方達と出会えた事に心から感謝している。だから、どんなに辛い時も頑張って来られたと思う。だから、私と同じ病の方たちに、病と闘って欲しいのです。周りの方に感謝して、辛いときは知人や友人に相談して、「一緒に闘い乗り越えましょう」と言いたいのです。

また、わすれな草を植えようと思う。

二〇二〇年一二月一日

峰　貴美代

あとがき

この自叙伝を書き終えて私が思ったことは、感謝することの大切さである。感謝と言う言葉は簡単に聞こえるが、実際はなかなか難しいことだ。私も振り返ってみると、あまり感謝してなかったように反省する。これからは、感謝の言葉どおり全てに感謝することにした。金銭的に追い込まれた私が生きている。病で死んでもおかしくない私が生きている。この自叙伝を皆さんに読んでもらいたいと思った。この本を読んで少しでも病を持った方たちに勇気や希望を与えられたらと願っている。この本を読んで、悩んでいる方に勇気や希望を持って前向きに物事を考えて頂いたら幸いだと思う。まず一人で悩まないこと。周りの人に相談し、感謝すれば、おのずから道は開けると思って欲しい。実際私は、生きているのだから。

この自叙伝を書くにあたり、アドバイスや編集をしていただいたトライの本馬利枝子さんと私をいつも見守って下さる皆様に深く感謝致します。

Profile
著者　峰 貴美代

1957年　宮崎県西米良生れ。
1980年　再春荘付属高等看護学校卒業
熊本赤十字病院、熊本機能病院勤務を経て、
九州看護大・保健科学大学で実習指導教員
などを勤める。

余命三ヶ月
末期癌を乗り越えて

2020年12月 1日　第1刷発行

著者
峰 貴美代

発行者
小坂 拓人

発行所
株式会社 トライ
〒861-0105
熊本県熊本市北区植木町味取373-1
TEL (096) 273-2580

印刷・製本
株式会社 トライ